JN244093

あゆみが
おおきくなっても
おかあさんは
おおきく
ならないでね
（4才）

文・安東歩
絵・滝沢千鶴

ふみ／**安東　歩**（兵庫県　4歳）
「家族」への手紙（平成6年）入賞作品
え／**滝沢　千鶴**（埼玉県　40歳）
「キラキラ笑顔」第9回（平成15年）応募作品

待っていた長男に
嫁さんが来た
カラフルな
洗濯物が
風に揺れる。
いいもんだ。

文・吉岡健二
絵・益田寛子

ふみ／**吉岡　健二**（岡山県 59歳）
「家族」への手紙（平成6年）入賞作品
え／**益田　寛子**（奈良県 27歳）
「ある春の日」第10回（平成16年）入賞作品

夫へ……

貴方、
老後は話し合いの
お稽古をしませんか。
沈黙は
お墓にはいってからで
いいわ。

文・福井記久子
絵・継岡夢月

ふみ／**福井記久子**（京都府61歳）
「家族」への手紙（平成6年）入賞作品
え／**継岡　夢月**（徳島県18歳）
「じっちゃんばっちゃん」第11回（平成17年）
応募作品

ふみ／小野寺善行（宮城県 16歳）
「愛」の手紙（平成7年）入賞作品
え／西谷　俊二（京都府 71歳）
「独りぼっちのミーコ」第12回（平成18年）
入賞作品

猫と仲のいい弟よ
お前がどんなに
好きでも
猫とは
結婚できへんぞ。

文・小野寺善行
絵・西谷俊二

リンゴの木へ……

お前モーツァルトは分からんべ

演歌聴かせてやっからな。

文・林　勝二
絵・井上孝史

ふみ／林　勝二（北海道 54歳）
「愛」の手紙（平成7年）入賞作品
え／井上　孝史（京都府 53歳）
「引力の構図」第10回（平成16年）入賞作品

他人なら
オモロイおっちゃんやったのに。

私の父であったことが
不幸でした。

文・有田直美
絵・樽野順一

ふみ／有田　直美（大阪府35歳）
「父」への手紙（平成8年）入賞作品
え／樽野　順一（兵庫県78歳）
「どじょう掬いの安来節」第10回（平成16年）
入賞作品

わたしって
すごい。
50mもおよげたよ。

魚になったら
どうしょう。

ふみ・福田環奈（八歳）
え・角南慶一（十三歳）

ふみ／福田　環奈（大阪府 8歳）
手紙「私へ」（平成12年）入賞作品
え／角南　慶一（香川県 13歳）
「まけるな まけるな」第7回（平成13年）入賞作品

「三〇年先の
未来の自分へ」

あなたは
愛媛に戻って
みかんを作っていますか？

みんなの
喜ぶ顔が
みえてきます☆

ふみ・松岡晃生
え・浜田フミ

ふみ／**松岡　晃生**（石川県17歳）
「未来」への手紙（平成20年）入賞作品
え／**浜田　フミ**（愛媛県45歳）
「かんきつ畑」第13回（平成19年）応募作品

日本一短い手紙
「笑」

本書は、平成二十一年度の第七回「新一筆啓上賞―日本一短い手紙　笑」（福井県坂井市・財団法人丸岡町文化振興事業団主催、社団法人丸岡青年会議所共催、郵便事業株式会社・愛媛県西予市後援、住友グループ広報委員会特別後援）の入賞作品を中心にまとめたものである。

同賞には、平成二十一年四月一日〜十月十六日の期間内に三万三八四三通の応募があった。平成二十二年一月二十七日に最終選考が行われ、大賞五篇、秀作一〇篇、住友賞二〇篇、特別賞一〇篇、丸岡青年会議所賞五篇、佳作一四一篇が選ばれた。同賞の選考委員は、小室等、佐々木幹郎、鈴木久和、中山千夏、西ゆうじの諸氏である。

本書に掲載した年齢・職業・都道府県名は応募時のものである。

※財団法人丸岡町文化振興事業団は、平成二十五年四月一日より「公益財団法人丸岡文化財団」に移行しました。

目次

入賞作品

大賞・秀作・住友賞・特別賞・丸岡青年会議所賞

「お母さん」へ

イナイ、イナイ、バァ！
酸素マスク外し、三才の孫を笑わせたね。
母の最期の笑顔だった。

六年前に、ガンで亡くなった、実母にあてた手紙です。

大賞
［郵便事業株式会社会長賞］
佐藤　弘子
北海道　43歳

「五年前の私」へ

世界は　あなたを笑ってなんかいない。

周りの視線が気になってしょうがなかった頃の私に言ってあげたい。

大賞
［郵便事業株式会社社会長賞］
渡邉　明日香
石川県　21歳　大学3年

「ほけんの先生」へ

ぼく30キロ、弟16キロ、妹13キロ、
わらい声が一番大きいのは妹。

大賞
［郵便事業株式会社会長賞］
山崎　柊
福井県　8歳　小学校3年

「きょうりゅうたち」へ

ケラケラケラ、
トリケラトプスも、
わらっていたかな。

大賞
［郵便事業株式会社社会長賞］
大久保 緒人
福井県 8歳 小学校3年

「自分」へ

子供の受験に親の介護、
夫の減給に我が更年期!!
今こそ笑え笑え!
笑い飛ばしちゃえ!!

大賞
[郵便事業株式会社会長賞]
伊賀 美和
兵庫県 43歳 主婦

「カナダの娘」へ

葉書に必ず書いてある（笑）の文字、
アンタ、本当に笑っているの？
心配だよ、母は。

秀作
〔郵便事業株式会社北陸支社長賞〕
三浦　玲子
北海道　55歳　主婦

「息子」へ

おまえさ、私と暮らしてた時の仏頂面が
嫁の前だとすごい笑顔になるんだね。
ふーん。

秀作
［郵便事業株式会社北陸支社長賞］
笹森　一美
青森県　66歳　主婦

「妻に」

お前、ドラマ見て笑った顔のまま、
振り向いて怒るなよ。

秀作
［郵便事業株式会社北陸支社長賞］
清水 正行
埼玉県 63歳 会社員

「おばあちゃん」へ

たくさんあるね。笑(わら)ったしるし。

秀作
［郵便事業株式会社北陸支社長賞］
渕　優希
東京都　17歳　高校3年

「いとこ」へ

なんでかな。弟は笑わせてくる。
だけど全くおもしろくない。
弟だけなぜか笑ってる。

秀作
［郵便事業株式会社北陸支社長賞］
森口　あきひと
福井県　10歳　小学校4年

「久々に会った旧友」へ

わたしたち、
いまだにこんなくだらないことで笑ってる。
安心した。

秀作
［郵便事業株式会社北陸支社長賞］
川上　麻佑子
福井県　24歳　大学職員

社会人も2年目に入りました。旧友とのひとときが大切に感じます。

「生徒諸君」へ

親父ギャグ、
ハズせば地獄、ウケれば授業の潤滑油、
そんな気持ちを少しは察してね。

授業に笑いを入れるのは大変骨が折れる。ハズせば冷たい視線と愛想笑いが待っている。

秀作
［郵便事業株式会社北陸支社長賞］
松下　眞治
大阪府　47歳　教員

「大好きな君」へ

「今日君が笑ってた、それだけで幸せ」なんて、
ラブソングだけだと思ってたのになあ。

秀作
［郵便事業株式会社北陸支社長賞］
三好　笑香
兵庫県　17歳　高校2年

「近所のみなさん」へ

好々爺と言われますが、
年を取ると頬がたるんで、
笑っているように見えるだけです。

年とって、人から穏やかになったと言われますが…。

秀作
［郵便事業株式会社北陸支社長賞］
網野 博
兵庫県 58歳 教師

「ばーば」へ

りすさんが、「どんぐり、ありがと」って、
わらってたよ！

公園で拾い集めたどんぐりを家のベランダに置いて、りすが来るのを、
今か今かと待ち続けた四才の娘。一週間後にりすがやって来て、
窓越しに目の合った娘に、笑顔でお礼を言ったそうです。

秀作
［郵便事業株式会社北陸支社長賞］
中村 華蓮
アメリカ 4歳 幼稚部年中

「膝」へ

もう少し笑わないでくれる？
この仕事が終るまで。

住友賞
遠藤　恭子
北海道　パート

パートで五時間、休むことなく働いていると、終りころ、膝がガクガク。トシかなー。

「お母さん」へ

「わあ、私と同じ!!」

赤点を取った時笑ってくれた。

嬉しくて温かかった。


テストを返してもらう前日、大ゲンカしたんです。で、おまけに赤点。

心の中でため息いっぱい出しながら、見せたときの母のリアクションが嬉しかったです。

住友賞
森田 加代
栃木県 22歳 看護師

「小学生の息子」へ

先生にペヨンジュンに似てると言われ、
怪獣事典で調べる
その純真さを忘れないでくれ。

住友賞
松崎　豊
埼玉県　45歳　会社員

「お宮参りの孫」へ

あくびをしただけなのに、
大人六人が一斉に笑ったよ。
生まれてきてくれてありがとう。

住友賞
内川　務
千葉県　67歳

「スピーチする夫」へ

ねえ、ジョークを言う時、合図してね。
笑うようにがんばるわ。「妻より」

住友賞
高木　住子
東京都　65歳　主婦

「好きな人」へ

正直な気持ち、
その笑顔は反則だと思います。
でも、すきだよ。

住友賞
本田 凛
神奈川県 14歳 中学校2年

すきなのは、その人と、その人の、笑顔です。

おばあちゃんへ、時代劇を見た後に、
自分の事を姫君と呼ばせるのもう辞めて。

住友賞
高石　健太郎
神奈川県　29歳　会社員

「愛する我が夫」へ

結婚一年目。我が家も政権交代しましたね。
笑顔の訳は、通帳・カードをくれたから。

住友賞
井出 愛
神奈川県 24歳 会社員

政権交代するまで一年かかりました。小遣い制度という新しいマニフェストが実現されます。

「妻」へ

いつも怒るな、
優しくしろ、
俺は、無実だ。

住友賞
柳原 貢
富山県 45歳

「お父さんお母さん」へ

お父さんのぎゅうっ、
お母さんのちゅうっ、
そのときわたしの気持ち。エへへ。

住友賞
西川　結那
福井県　8歳　小学校3年

ぼくは、妹を泣かすのがとくいだ。
でも妹を笑わせるは、
とくいちゅうのとくいだ。

今けんかして妹が泣いていたと思ったら、ケタケタ笑っている。どれだけ泣かされても
お兄ちゃん、お兄ちゃんとついていく妹…その姿にしゃーねぇーなーと兄…
本当に仲の良い兄妹でとても母はうれしいです。

住友賞
森下　昭汰
福井県　10歳　小学校4年

「お父さん」へ

イヤホンつけてテレビ見てるんやったら、
大声で笑わんといて！
こっちは勉強中や!!

住友賞
釜谷　建蔵
福井県　13歳　中学校1年

「お母さん」へ

なんでいつも電話のときは
声がかわいくなるの。
不思議でおもしろいお母さん。

住友賞
大瀬　うらら
福井県　11歳　小学校5年

「採用担当者様」へ

面接で自然な笑顔なんてムリです。
こっちは必死なんですから。

住友賞
盛合 由乃
京都府 22歳 大学生

長くて辛い就職活動をする学生の本音です。

「母さん」へ

「お母さん、もう歩くの疲れた！」
「ほな走り。」
今も私は陸上部で走っています。

3歳くらいの時に母と買い物に行ったときに言われました。私は今、陸上部で走っています。

住友賞
下山 由起恵
大阪府 17歳 高校3年

「お母さん」へ

病院へ行って病気が進んでないと言われたら、
ぼくはうれしくって笑ってしまった。

住友賞
岡本　直也
大阪府　13歳　中学校1年

お母さんの病気がはやくなおってほしい。

「子供達」へ

お前達が巣立って十年
聴衆のいない夫婦漫才は
延々と続いています

住友賞
赤松　菊夫
福岡県　65歳

「孫」へ

じいじが笑顔をつくったら、孫は泣いた。
70年後、お前もこんな顔になるのに。

住友賞
秋吉 豊利
大分県 69歳

「母」へ

お父さんが百回位言ったジョークで
笑ってたお母さん。
コツ教えて。私、今必要なの。

住友賞
末永 逸
鹿児島 46歳 会社員

「娘」へ

子育ての次は　孫の世話？
笑わせないでよ。
お父さんで手一杯なんだから。

住友賞
高谷　幸子
ブラジル　58歳　主婦

「かあちゃん」へ

かぁちゃんいつもわかづくりして
へんな道にすすむな
さんかん日にミニスカートはくなよ

特別賞
打田 結衣
北海道 13歳 中学校2年

「駐車場の看板」へ

「前向きに！」いつもエールをありがとう。
あなたのおかげで、今日も私は笑顔です。

特別賞
奥村　豊美子
青森県　40歳　主婦

前向きに駐車という意味なのでしょうが、初めて見た時は、私へのエールかと笑えました。
意味を理解した今でもエールと受けとめ笑顔をもらっています。

「オレオレ詐欺君」へ

親思いの息子を熱演したのに、
笑ってしまい申し訳ない。
今、息子は風呂に入っている。

特別賞
長坂 均
埼玉県 54歳 会社員

「友」へ

明日(あした)のプール
ゴーグル直(なお)らないならかしてあげる。
くものと水(みず)が入(はい)るのどっちがいい？

特別賞
小寺　龍亮
福井県　9歳　小学校3年

「鏡の中の私」へ

いろいろな顔（かお）をためしてみたけれど、
やっぱりこれからは笑顔（えがお）でいよっと。

特別賞
中野 優花
福井県 12歳 中学校1年

「親愛なる友達」へ

あんたの笑顔が、
うちの心に焼き付いてるわ。
今度はうちの笑顔で焼きかえすわ。

特別賞
松本　明日佳
福井県　15歳　中学校3年

「りく」へ

どうしてりくは、
おこられているときにわらうの？
なおさらおこられるんだからね。

特別賞
田中　陸玖
福井県　8歳　小学校3年

「九十六歳で亡くなった母」へ

茶髪の坊主がゴスペルソングのような
お経を読みましたが、
成仏できましたでしょうか。

特別賞
今井 貢二
兵庫県 60歳 会社員

「私の弟」へ

笑い上戸の弟よ、天国から見えるかい？
お前の娘が白いベールの中で笑っているのが。

特別賞
石田 順子
兵庫県 65歳 主婦

娘の挙式も見ずに逝った弟よ。娘は良い伴侶と共に幸せになるよ。

「あなた」へ

「また、あ・し・た」と
ニッコリ笑って逝ったあなた……。
私も笑って生きていきます。

特別賞
角　美恵子
福岡県　主婦

「おとうさん」へ

えへへへ、こしょこしょしてぇ。

こう言っていつもくすぐりをねだってきます。

丸岡青年会議所賞

中田　寛翔
福井県　6歳　小学校1年

「おねえちゃん」へ

みてみて。はもひもふもへもほも、
みんなわらうおとや。
はひふへほって、たのしいの。

丸岡青年会議所賞
坂下　昌幸
福井県　6歳　小学校1年

六年生の姉とのやりとりです。

「おばあちゃん」へ

ぼくのことわらわないでね。
まえば2ほん、ぬけてるけど。

丸岡青年会議所賞
北川 友貴
福井県 7歳 小学校1年

最近、前歯（子供の歯）が二本抜けました。ニッーと笑うと、つい笑ってしまいます。
大人の歯が早く生えてこないかナーと思う反面、このままでもかわいいかも？と思う母です。

「パパ」へ

クワガタ探(さが)す時(とき)のパパは
いつものパパじゃない。
ぼくより必死(ひっし)でそれがおもしろい。

丸岡青年会議所賞
黒田　将暉
福井県　12歳　小学校6年

「おばあちゃん」へ

おしゃべりしてブハハ。
こちょこちょされてブハハ。
すぐにブハハ。学校(がっこう)楽(たの)しいよ。

丸岡青年会議所賞
諸江　円佳
福井県　8歳　小学校3年

佳作

「だんなさま」へ

久しぶりのツーショットなんだから
照れてないで笑おうよ！

沖崎　愛弓
北海道　49歳　主婦

「夫」へ

50すぎて、白米一粒ホッペにつけ、食事する主人に、一人クスリと笑う妻。

佐々木 留美子
北海道 49歳 主婦

「敏」へ

若い時の苦労はコンビニで買え！

伯父より

穂苅 敏
北海道 45歳 会社員

「ママへ」

ねえママ、大嫌い(だいきら)だったこの八重歯(やえば)が
大好き(だいす)になったのは
ママが笑(わら)って生(い)きたからだよ。

川村 杏奈
青森県 17歳 高校3年

「一緒に帰るひと」へ

幸せ、好き、帰りたくない…
ありったけ詰め込んで今日も隣、
笑って歩きました。

杉山 美咲
青森県 18歳 高校3年

「天国のおじいさん」へ

最近お父さんの笑い声がおじいさんに似てきました。けんかばっかりだったのにね。

沢目 匠
青森県 17歳 高校3年

「一歳になる娘」へ

空気も読まずににっこり笑うから、
夫婦げんかも笑って終わり。
あなたの笑顔に完敗よ。

松本　さや香
青森県　30歳　主婦

「お母さん」へ

あなたと一緒にいると疲れます。
でも、笑い疲れだから全然平気です。

中軽米　未来
岩手県　25歳　短期大学2年

「妻」へ

二人で定額給付金で温泉に行った後、
一人でまた温泉に行ったのは
何の癒しの旅ですか。

相原　雅春
宮城県　55歳　鍼灸師

「妻」へ

良い事なんか何もなかったのに、
「これは笑いジワよ」って…。
ありがとう。ごめん。

佐藤　民男
宮城県　62歳

「宿題さん」へ

外で遊ぶ友達の笑い声を聞く。
宿題さんよ、
もう僕を家に閉じ込めないでェ。

武浪 一
宮城県 13歳 中学2年

「思春期の息子」へ

居間におりてきて一緒に笑おうよ。
そのためにお笑い番組つけてるんだから。

母より

佐藤　京子
秋田県　43歳　会社員

「貴方」へ

笑は免疫アップと言う貴方に感謝！
再婚して、私のガンも冬眠中です。
ありがとう!!

本田　タツイ
福島県　57歳　会社員

「弟」へ

お母さんが
「今日、衣がえだね。」と言って、
「えっ。子供がえ？」
ぼくはすごく笑えたよ。

野木　一鷹
福島県　11歳　小学校5年

「90歳の母」へ

脳梗塞で言葉をなくし、
でもおならが出たと大笑い、
お母さんみんなわかっているのね。

森　久代
茨城県　60歳　会社員

「単身赴任の父」へ

会えた時は◯の口で笑えるのに、
お別れの時がんばったら、□の口で笑えた。

舟橋　優香
茨城県　15歳　高校1年

「おばあちゃん」へ

おばあちゃんの
入れ歯がコップの中で笑ってた
きっと　良い事があったんだネ。

舟橋　優香
茨城県　15歳　高校1年

おばあさん、お誕生日お目出とう
大きくなったら何になるの、
曽孫の便に大笑い。

木村　みのる
茨城県　86歳

「亡父」へ

父さん敗戦で逝っちゃったけど、
一枚残してくれた笑顔に何度も救われたよ。

野尻 敏夫
栃木県 73歳

「お母さん」へ

「ただいマンゴー！」「おかえリンゴ！」
そんなあいさついつまでもしようね。

岡田　早苗
栃木県　33歳　パートタイマー

「ママ」へ

「パパなんで死んだの」の一言に
誰かが「クモ膜下出血で」と。
みんな泣き笑いしたね。

春原　美枝
栃木県　45歳　介護施設長

「高校時代の友人たち」へ

おなかもほっぺも痛くなる、
笑い続けた三年間。
人嫌いが直りました。

星野 和子
群馬県 28歳

「大すきなお母さん」へ

お母さん、一人でわらうより
いっしょにわらうほうが
もっともっとたのしくなるよね♡

藤野 統仁
群馬県 4歳 保育園

「学生時代の恋人」へ

バカだなって笑ってください。
私、あなたからの手紙、
今でも大事に持ってます。

塚越 浩美
群馬県 45歳 主婦

「100キロ離れたあなた」へ

次(つぎ)はいつ会(あ)えますか。
君(きみ)の笑顔(えがお)が不足(ふそく)しています。

塚越　涼奈
群馬県　21歳　大学3年

「お父さん、お母さん」へ

「由美子（ゆみこ）のよう笑（わら）うとこ、あんた似（に）や」
互（たが）いに言（い）ってたけれど、
ふふっ、両方似（りょうほうに）だよね。

助川　由美子
埼玉県　40代　会社員

「子供たち」へ

就活(しゅうかつ)、婚活(こんかつ)の秘策(ひさく)を伝授(でんじゅ)する。

「笑(わら)って砕(くだ)けろ！」

長坂 均
埼玉県 54歳 会社員

「婿」へ

空気吸ってもいいから、空気読め。

栗原 千恵子
埼玉県 73歳 主婦

「おばあちゃん」へ

葬式(そうしき)のとき笑(わら)ってしまってごめんね。
悲(かな)しすぎて感情(かんじょう)が壊(こわ)れていたようです。

叶 昌彦
千葉県 51歳 会社員

「陽子ちゃん」へ

すぐにわかったよ。
体型はかわったけど陽子の笑い声
そして笑いのつぼ、かわらないネ。

生駒　美佐
千葉県　43歳　主婦

「（嫁いだ）娘」へ

お笑い草さ。反対してた定額給付金、
内緒で貰っちまった。
何か買え。亭主に言うな。

今川　弘造
千葉県　72歳　自由業

「父」へ

タイミングを外(はず)さないよう合図(あいず)を下(くだ)さい

本間　夏子
千葉県　37歳　主婦

「夫」へ

傍での大鼾に、愛は醒めたけど、
笑いは残ったね。
お互い様だと言いたいかしら。

渡辺 美智子
千葉県 49歳 主婦

「かな漢字変換」へ

こちらは仕事中です。
不意に蛙や尻を登場させて、
私を笑わせないでください。

庄司　勝昭
東京都　44歳　会社員

「あの時の男子高校生」へ

妊婦さんじゃなかったことは、
全く気にしてません。
席を譲られて、うれしかったわ。

岩波　啓子
東京都　49歳　事務員

「夫」へ

あなたを笑顔(えがお)にさせるもの。
ビールとおこづかいと息子(むすこ)たちとの時間(じかん)。
でも一番(いちばん)は私(わたし)?

川島 智賀子
東京都 33歳

「上司」へ

愛想笑いも、限界です。

森 有生
東京都 44歳 自営業

「遺影のひとり息子」へ

『おばあさんになったねぇ』
と笑わないでね。
再会の日はまだまだ先みたいだから。

小笠原 靖子
神奈川県 64歳 主婦

「同姓の患者さん」へ

名を呼ばれ、
3人同時に返事をして笑われましたね。
「鈴木」姓、全国2位の悩み。

鈴木 邦義
神奈川県 70歳

「おやじ、おふくろ」へ

実家に子供らの笑顔置いてきたみたいだ。
次の休みに取りに行くよ。

荒井　吉則
神奈川県　50歳　会社員

「不幸」へ

お生憎様。
うちの家族は、それでも笑うんだ。
泣き顔が見たけりゃ、よそへ行きな！

朝山　ひでこ
神奈川県　53歳　主婦

鋭く追及他人の失敗。
笑ってごまかす自分の失敗。
エヘ。今日も笑ってしまった！

三品 佐世子
神奈川県 65歳 主婦

「もうすぐ銀婚式の夫より妻」へ

突然訊かれたのでド忘れしただけです。
他意も悪意もありません。
ゴメン、名前忘れて。

今村 裕
神奈川県 54歳 編集業

「ハート泥棒の上司」へ

栄転だとぉ？　拍手だぁ？
ふざけるなッ。大声で泣いてやる。
アンタの笑い声好きだったよ

金本　かず子
山梨県　59歳　主婦

「闘病中の母」へ

貴女の笑顔が見たいから
片道5時間ネタ作り。
病気は笑いで吹っ飛ばせ！
ね！　お母さん！

青木　直美
長野県　32歳　会社員

「えみさん（妹）」へ

コップっていつもいろんな人とキスしてる。
そう考えると、笑えるね。今度見てみて。

金澤 茉美
新潟県 11歳 小学校5年

「娘」へ

あなたの笑顔の対応で
救われる患者さんがいる。
つらい時こそ、スマイル、スマイル。

大場　洋子
富山県

「お母さん」へ

私が笑いかけるとこの子も笑い返すの。
私達も昔、
こんなキャッチボールしてたんだね。

谷 佳代
富山県 28歳 主婦

「みらいのお友だち」へ

目と目があって、
にっこりわらえばもう、お友だち。

土谷 優実
富山県 7歳 小学校2年

「息子」へ

お母さんへの返信メールは、
もう少し技使ってくれ。
俺が笑顔見たいから。

小坂 智明
富山県 41歳 会社員

「友」へ

あの頃笑った事を思い出して共に笑えた今日。
いつか今日を思い出してまた笑おうね。

仁保　友佳梨
石川県　22歳　大学4年

「息子」へ

父さんが「プッ」とオナラをしたら
インコのレモちゃんが「ピヨ」と返事したよ。

丸山 勝
石川県 44歳 会社員

「おっくん」へ

笑ってよ
もう一回笑ってくれよ
なあ

岩崎　遼
福井県　15歳　高校1年

「おやじ」へ

ユーモアセンスゼロのおやじ。
そこが…おれのハートには
満点大笑(まんてんおおわら)いだぜ！

川畑　裕貴
福井県　13歳　中学校1年

「おばあちゃん」へ

おばあちゃんがつくったおこめ。
おにぎりにしてたべると、
なおこ、にこにこになるよ。

都筑　直子
福井県　7歳　小学校1年

「愛犬ぶんちゃん」へ

犬は人間と違って声出して笑えないけど、
いつもニコニコしてるのは
十分わかってるよ。

釣部 ちなみ
福井県 13歳 中学校2年

「おとうと」へ

あなたの、くちゃくちゃえがお大すき。
またいっぱいわらってあそぼうね。
大すきだよ。

森田　萌恵音
福井県　8歳　小学校3年

「自分の勇気」へ

君のおかげで告白できた。
その時の照れ笑いは、一生忘れない。

山田 智広
福井県 16歳 高校1年

「自分」へ

わらえばいい。
コチョコチョされてもわらえばいい。
何(なに)があってもわらえばいい。

小寺　星
福井県　8歳　小学校3年

「なかなか気付いてくれない旦那様」へ

私を喜ばせることって、
とっても簡単なんだけどなぁ？

眞保 ふみ代
福井県 32歳 主婦

「息子 実」へ

〝笑顔を忘れないでね〟
去年の母の日のカードが最後になりました。
がんばってみます。

大谷 君枝
福井県 66歳

「お母さん」へ

ぼくが満点のテストを持って帰ってくると
お母さんの満天の笑顔が返ってくる。

小札　恭輔
福井県　11歳　小学校5年

「自分」へ

泣け、泣け、体中の涙がなくなるまで泣け。
そうしたら、あとは笑うしかない。

西永 純也
福井県 15歳 中学校3年

「教室」へ

あなたの中(なか)で　いっぱい　笑(わら)いました。

吉澤　咲紀
福井県　13歳　中学校2年

「お父さん」へ

お父さん。仕事夜おそくまでありがとう。
笑顔でただいまという姿大好きです。

下出　聖人
福井県　11歳　小学校6年

「先生」へ

授業中、一回必ず笑って欲しい。

木村 麗
福井県 15歳 高校1年

「お父さん」へ

「まんまるやなぁ。」
わらったぼくを見て言うけど、
お父さんの顔もまんまるやわぁ。

谷間 祐介
福井県 8歳 小学校3年

「妹」へ

おい。なんの夢（ゆめ）みてるんや？
なに笑（わら）ってるんや？
おねぇちゃんにも見（み）せてや〜。

山﨑 麗
福井県 12歳 小学校6年

「娘から」

「なんでもないの…」
笑う声に涙が見えたよ深夜の電話

刀禰 ヒロ子
福井県 58歳 会社員

「自分」へ

食事中テレビを見て笑う事が多くなった…。
家族と話して笑いてーな。

内藤　一希
福井県　18歳　高校3年

「お母さん」へ

毎日お母さんをおこらせてるけど、
本当はお母さんを笑わせてあげたいんだよ。

篠原　菖
福井県　10歳　小学校4年

「ママ」へ

「もえちゃんのわらった顔(かお)がすき。」
って言(い)うくせに、あんまりおこらんといて。

石塚　萌
福井県　8歳　小学校3年

「お父さん」へ

お父さんのおなかは少しプヨプヨして
笑っているみたいで楽しい。
でも健康に気をつけて。

ふじ田　奈津希
福井県　10歳　小学校4年

「自分」へ

みんなの笑顔に会いたい。
私も笑ってみせたい。
まず、登校班についていけるように…。

戸嶋　優湖
福井県　10歳　小学校4年

「おばあちゃん」へ

いつも面白かった
おばあちゃんがいなくなっても、
おばあちゃんの話題で笑えて、幸せ。

上山　結生
福井県　10歳　小学校5年

「祖父」へ

会ったことはないけれど、写真の笑顔、見るたび私も笑顔になるよ。

鈴木　ゆうこ
福井県　15歳　中学校3年

「ママ」へ

「わらった顔がそっくりだね。」と、
ママの友だちに言われたよ。
おや子だもんね。

長野　ひな
福井県　7歳　小学校2年

「悩んでいる友達」へ

せーのでピースサイン☆
ほら、笑(わら)って^□^

横山　沙希子
福井県　17歳　高校2年

「母」へ

「いってらっしゃい。」と笑顔で言うお母さん。
この一言で今日も私はがんばれるんだよ。

東 紗希
福井県 16歳 高校1年

「お父さん」へ

東京でも元気にやっていますか。
早く帰ってきてね。一緒に笑いあいたいな。

義田　智美
福井県　16歳　高校1年

「おかあ」へ

夕食時の爆笑トーク。
くしゃくしゃ顔に涙ヒカルおかあの顔最高才。

千秋　尚子
福井県　15歳　高校1年

「がんばったパパ」へ

パパのパンツビリビリじけんは、
大、大、大わらいでした。
ずっと、わすれません。

宮本 一平
福井県 8歳 小学校2年

「先生」へ

笑(わら)って!! 笑(わら)って!! 笑(わら)って!!

黒坂 浩大
福井県 17歳 高校2年

「お母さん」へ

ねる前に、二人で顔を見合わせ大笑い。いつまでたっても止まらないね。

佐々木 優衣
福井県 8歳 小学校3年

「パパ」へ

大わらいすると、たれ目になる。
ぼくとおなじ。さすがおやこだね。

川瀬　真樹
福井県　8歳　小学校2年

「お母さん」へ

ぼく、鏡（かがみ）見（み）て笑（わら）った。
お母（かあ）さんにそっくりやったで。

西金　優希
福井県　10歳　小学校5年

「お父さん　お母さん」へ

しわって、笑うとできるんだって。
だから、二人共しわが多いんだ。
幸せなしょうこだね。

横山　夢花
福井県　10歳　小学校5年

「お父さん」へ

こちょこちょされるとわらっちゃう。
しているお父さんもわらってるよ。

尾無 翔
福井県 10歳 小学校4年

「娘」へ

あなたのスゴ技。「笑うこと」
怒ったあと、泣いたあとでも
数分後には笑ってる…。

米沢 真紀
福井県

「優里」へ

御飯食べて元気になったよ～
と言いながら笑うその笑顔
お母さんの元気の源だよ

寺見　めぐみ
福井県

「自分」へ

テスト前、なぜ手が笑ってるの。

奥 洸樹
福井県 16歳 高校2年

「お父さん」へ

いつも妹とねているとき、
同じ顔をしていて笑っちゃうよ。

岡田 来美
福井県 10歳 小学校4年

「おばあちゃん」へ

ないしょでたべたウインナー、
ケチャップとんでわらったね。
それがままにばれたね。

嵯峨　響
福井県　7歳　小学校1年

「ママ」へ

わらってわらって大(おお)わらいしたら、
なみだがでちゃった。
楽(たの)しいなみだは元気(げんき)がでるね。

佐藤　美咲
福井県　7歳　小学校2年

「かあちゃん」へ

なあ、かあちゃん笑い方忘れてしもうたん？
それって僕のせい…。

竹内　洋輔
静岡県　15歳　中学校3年

「0歳のムスコ」へ

目が合うだけで笑顔100%……………
えっ、今だけのサービス？

久世　直子
愛知県　35歳　公務員

「4才の息子」へ

その馬鹿笑い、
どこかで見たような…。

外山　いずる
愛知県　44歳　自営業

「夫」へ

来世も　きっと貴方で　苦労する
笑いたくあり　笑いたくなし

清水　千賀子
愛知県　68歳　主婦

「大好きなあの人」へ

歯をみせるか、唇をとじるか。
鏡で笑顔のおさらいをする、
あなたに会える日の朝は。

山本 祐子
愛知県 35歳 パート

「母さん」へ

物知りの母さん。
あなたの葬儀の段取りを
あなたに聞こうとして、
泣き笑いしました。

北谷　みずほ
三重県　49歳　パート勤務

「元妻と成人した二人の娘達」へ

私のアルコール依存症や不貞の為、
熟年離婚。
あなた達の将来に笑顔が戻りますように。

鈴木　哲彦
三重県　48歳　酒造業

娘よすまない。
十年前誕生日にもらった大切な皮靴。
先日初めてはいたら底がぬけた。

吉川　嗣朗
三重県　71歳

「お調子者の娘」へ

叱られ泣く娘　心が痛む
でも、その泣き顔までも笑わせてくれます。

齊藤　優子
京都府　34歳　会社員

「初恋の人」へ

貴女の笑い顔は、一生忘れません。
名前は忘れましたが。

福井　直秀
京都府

「二十歳になる息子」へ

小さい時、あなたは詩人でした。
おならを「お尻が笑ったの」って。
このセンス永遠に！

塩賀　真弓
京都府　53歳　大学事務

「私の耳さん」へ

齢八十で、遂に聴力を失いました。
もう目で見て笑うしかないが、
長い間、ありがとね。

林 弘
大阪府 80歳

「家族」へ

うちの家のルール
夫婦喧嘩親子喧嘩兄弟喧嘩
すべて笑ろたら負け、笑らかしたら勝ちよ。

峯 伸一
大阪府 自営業

「92歳のおばあちゃん」へ

「遺影の写真これにして」

お気に入りの写真は46歳。

なんぼなんでも。私より若い！

原　圭子
大阪府　56歳　主婦

「妻」へ

おまえは「ケンカ売り(う)の少女(しょうじょ)」か。

熊谷 明
兵庫県 58歳 会社員

「ガン」へ

前もって、転移届けをお願いします！

加藤　幹彦
兵庫県　57歳

「お父さん」へ

夜(よる)の事(こと)。
ベランダでタバコをふかす父(ちち)の笑顔(えがお)。
笑顔(えがお)をかえしカーテンを閉(し)める母(はは)と私(わたし)。

荒木　千穂
兵庫県　17歳　高校2年

「鬱状態と向き合う私」へ

無理に笑わなくていいよ。
自然に笑える私の帰りを、
ゆっくり待ってあげようね。

蓮池　優子
兵庫県　25歳　百貨店員

「君からのメール」へ

「好き（笑）」
（笑）でごまかさないで！

浅井 千寿代
奈良県 17歳 高校3年

「家族」へ

玄関に入る前の
家から聞こえる大きな笑い声に、
つられて私も笑ってしまいます。

田中 望
鳥取県 16歳 高校1年

「妻、笑保子」へ

笑保子っていう名前、
もちろん大好きだけど、
とっても辛い時って、
どんなもんなの？

佐野　誠
島根県　53歳　自営業

「頑張る社会人」へ

会議中は、にらめっことと思え。

藤井 伽奈
広島県 13歳 中学校1年

「宇宙人」へ

宇宙人。いつか一緒に遊ぶ時の為に、
宇宙に通じる笑いを考えておくからな。

古川 大
広島県 16歳 高校2年

「世界の全ての人」へ

はい、チーズ！

杉岡　希美
広島県　15歳　高校1年

「母」へ

仕送りの野菜に紛れていた母さんの手拭い。
懐かしい匂い抱きしめて泣き笑いしました。

徳永 正美
山口県 49歳

「二十三年前の親父」へ

この頃遺影に笑みが見え出した。
私も仏に近づいたのかなぁ。

西田　洋明
山口県　68歳

「親父と母さん」へ

離婚した親父と母さん
会話覗いてごめんなさい。
二人の笑顔見れてホッとしたよ。

穴井 健士郎
山口県 17歳 高校3年

「息子」へ

あなたの笑い声に何度励まされたか。
一人で育てる覚悟を決めた時も
無邪気に笑ってた。

田中　嘉美
山口県　28歳

「嫁ぐ娘」へ

式場では、泣かないでね。
今のカメラ、笑顔でないと
シャッターがおりないんだから。

東川 均
徳島県 59歳 会社員

「息子」へ

〝人の失敗作を見て笑うのは失礼よ〟
と言う母ちゃんの顔を見て笑ったら
怒られたわい。

玉井 一郎
香川県 76歳

「織田信長」へ

泣かぬなら、いっその事、
笑わせてしまえばいいじゃない。

越智 俊寿
愛媛県 45歳 会社員

「妻」へ

笑うなよって　言ったのに
貴女は、笑いながら
涙を流してた僕のプロポーズ

竹田　幸利
愛媛県　会社員

「ペットのカメ」へ

いつかきっと笑顔(えがお)にさせてやる！

濱野 真矢
愛媛県 13歳 中学校2年

「おじいちゃん」へ

私がかよっている学校は、
楽しい笑学校です。

山之内 風香
愛媛県 9歳 小学校4年

「神様」へ

子宮癌。疑い晴れた娘共々。
笑っても笑っても涙こぼれるの、
何故ですか。

田中　やすえ
愛媛県　62歳　会社員

「韓流スターさん」へ

私に向けた笑顔で無い事は知ってます。
でも錯覚して
笑顔のお返しをしていますから。

丁野　佐弓
高知県　59歳　事務

「自分」へ

アハハ、イヒヒ、ウフフ、エヘヘ、オホホ。
笑(わら)うってア行(ぎょう)とハ行(ぎょう)の組合(くみあ)わせなんだな。

池崎 宏
福岡県 62歳

「母」へ

施設へ行った時「どちら様?」と
笑顔で聞かれるのが辛いけど
私もつい笑ってしまうわ。

柳本 昭子
福岡県 49歳 会社員

「娘・可奈子」へ

不自由な手で描いた絵を
得意そうに見せてくれる、
あなたの笑顔は家族みんなの宝物よ。

森川 享子
長崎県 45歳 公務員

「お父さん」へ

怒りながらおならはやめて。
怒られる事に集中したいのよ。

松原　久美香
長崎県　9歳　小学校3年

「二人の兄」へ

二人の後輩になれんで泣いた私、
今は毎日笑ってるよ。
女子高の楽しさわからんやろ。

村田　ちはや
長崎県　16歳　高校1年

「一年生の息子」へ

初めての通知表。いつも笑顔がいいですね、とあったよ。母さん思わず涙が出ちゃった。

蛯原　桃子
熊本県　40歳　医師

「愛息子」へ

涙と笑は忘れんでね。
泣いて生まれた君の人生は、
笑顔に包まれて始まったのだから。

志岐　明子
熊本県　23歳

「娘、沙耶」へ

鼻(はな)の穴(あな)までふくらませて大笑(おおわら)いするあなた、
私(わたし)にそっくりだね。

岩尾　希
大分県　30歳　主婦

「旦那」へ

笑いのツボが同じって、やっぱり楽しいね。
今日もアハハをありがとう。

高橋　奈々
大分県　主婦

「福の神」へ

今から思いきり笑うので、
なるべく早く家に来て下さい。

俊彦より

安東　俊彦
宮崎県

「お兄ちゃん」へ

もうこれ以上太らないように。
ズボンのポケットがずっと笑っているから。

張 文馨
台湾 大学4年

あとがき――笑いの力

動物のなかで唯一笑うことの出来る人間。どんなつらい苦しみからも悲しみからも笑いは心身ともに救ってくれる力がある。

笑顔を見て不快に感じることはあまり無い。何か心があたたかくなる。心が解きほぐされる。不思議なものだ。さっきまで怒っていた人間が笑いをこぼした時に心が通い合うことがある。特に夫婦の間や、親子、恋人同士には不思議な力を発する。

今回の応募数三三、八四三通はこれまでの一筆啓上賞としては決して多くはない。しかし、寄せられた作品には力が感じられる。一般的に笑うことの苦手な日本人。笑いたいと思っても心の中に閉じ込めてしまうことの多い日本人。その意味では今回の数は決して少ない数ではない。

応募することによって、もう一度笑うことの大切さを知った人も多いような気がする。あれが笑いだったのかと気付いた人も多い。笑いによって救われた人も少なからずいる。笑いの大切さをしみじみと感じる。

「笑」で良かった。今回のテーマを決める時にためらいはあったものの、ひとつひとつの作品と接してみるといつの間にか笑みがこぼれてくる。人それぞれの生活のなかに笑いが見えてくる。笑いを希求していたことがわかってくる。笑いの下手な日本人だからこそ笑いを求めているはずだ。笑いたいと思っているはずだ。

こんな時代だからこそ、笑いは求められる。笑いによって救われる。笑いによって、笑うことによって何かが変わる。新たな世界が広がる。人をいとおしいと思えてくる。どんなに苦しい時にも、どんなに悲しい時も、当たり前の生活のなかでも笑いは生活を豊かにしてくれる。そう心から信じたい。

大きなご支援をいただいている住友グループの皆様には、これら多くの作品と真正面から一次選考に向かっていただいた。多くの皆様に笑いを求めた旅に出ていただきました。

小室等さんを中心に佐々木幹郎さん、鈴木久和さん、中山千夏さん、西ゆうじさんには、最後の仕上げをしていただいた。笑いの核心に迫っていただいたこと感謝いたします。

西予市との「日本一短い手紙」と〝かまぼこ板の絵〟の物語も、大きな反響のもと本書に新たな作品を掲載出来たことを、西予市長三好幹二さん、およびギャラリーしろかわ館長浅野幸江さんに感謝したい。

郵便事業株式会社の皆様、社団法人丸岡青年会議所の皆様にもあたたかいご支援を頂いています。

丸岡町出身の山本時男さんがオーナーである株式会社中央経済社から本書が上梓されたことは、丸岡とのつながりで実現したことである。心から感謝したい。

笑っていますか？　今日も？

二〇一〇年四月吉日

編集局長　大廻　政成

日本一短い手紙 「笑」 新一筆啓上賞

二〇一〇年五月一日　初版第一刷発行
二〇二四年四月二〇日　初版第四刷発行

編集者――喜夛正之
発行者――山本時男
発行所――株式会社中央経済社
発売元――株式会社中央経済グループパブリッシング
〒一〇一-〇〇五一
東京都千代田区神田神保町一-三五
電話〇三-三二九三-三三七一（編集代表）
〇三-三二九三-三三八一（営業代表）
https://www.chuokeizai.co.jp

印刷・製本――株式会社　大藤社
コラボ撮影――片山虎之介
編集協力――辻新明美

ISBN978-4-502-42970-5 C0095